André Gide
Die Ringeltaube

Am 28. Juli 1907 besucht André Gide das Fest seines Freundes Eugène Rouart. Man amüsiert sich, der Wein fließt in Strömen. Gide entdeckt den jungen Ferdinand Pouzac und ist von dessen erotischer Ausstrahlung fasziniert. Er beobachtet ihn und sucht seine Nähe, bis Ferdinand ihn schließlich spät in der Nacht nach Hause begleitet. Dort geben sie sich einander hin. Ferdinand, der bei der Liebe gurrt wie eine Taube, trägt fortan den Spitznamen »die Ringeltaube«.
André Gide hält dieses Erlebnis sofort in einer Erzählung fest. Doch er wird sie nie publizieren.

André Gide wurde 1869 in Paris geboren. Schon früh hatte er Kontakte zur französischen Avantgarde und schloß Freundschaft mit Mallarmé, Claudel, Valéry und Oscar Wilde. 1895 heiratete er seine Cousine Madeleine Rondeaux. Die Ehe war aufgrund seiner homosexuellen Neigungen schwierig. 1909 begründete er als Herausgeber die *Nouvelle Revue Française* und war jahrzehntelang einer der wichtigsten Literaten seiner Zeit. Für sein literarisches Schaffen erhielt er 1947 den Nobelpreis. Gide starb 1951 in Paris. Zu seinen autobiographischen Schriften gehören u.a. *Tagebuch* (1889–1949) sowie *Stirb und werde* (1926). Seine bekanntesten erzählenden Werke sind *Die Früchte der Erde* (1897), *Der Immoralist* (1902), *Die Rückkehr des verlorenen Sohnes* (1907), *Die enge Pforte* (1909), *Die Verliese des Vatikans* (1914), *Die Pastoralsymphonie* (1919), *Die Falschmünzer* (1925) und *Die Schule der Frauen* (1929). Bei DVA sind die *Gesammelten Werke* (1989–2000) erschienen.

André Gide
Die Ringeltaube
Erzählung

Mit einem Vorwort von
Catherine Gide,
einem Geleitwort von
Jean-Claude Perrier
und einem Nachwort von
David H. Walker
Aus dem Französischen von
Andrea Spingler

Deutsche Verlags-Anstalt
München

Vorwort

Im Nachlaß meines Vaters habe ich eine kleine erotische Novelle aus dem Jahr 1907 gefunden mit dem Titel Die Ringeltaube. *Aus mehreren Gründen, solchen der Freundschaft oder der Moral, hat Gide sie nicht veröffentlicht. Beschäftigt mit neuen Abenteuern und wichtigen Arbeiten, hat er seinen Text dann wahrscheinlich aus dem Auge verloren. Was die berichtete Episode angeht, so brauchte er gewiß nicht die Veröffentlichung, um sich daran zu erinnern. Beim Lesen spürt man sofort, mit welcher Freude er sie niederschrieb.*

Kann uns diese Einführung in die Liebe noch berühren? Sicherlich hinterläßt das heimliche Einverständnis der beiden Partner einen Eindruck von Frische und Poesie, und die Novelle vermittelt dem Leser das Erregende an der Entdeckung der Erotik, das Vergnügen der vertraulichen Nähe, den Triumph geteilter Begierde und Lust.

Für mich ist dieser kleine Text voller Lebensfreude. Er ist frei von jeglicher Perversität. Er bestätigt, daß es in Gides Fall ungerecht und falsch ist, von »orgiastischem Verhalten« zu sprechen. Das paßte nicht zu ihm.[1]

Hier haben wir also einen äußerst nuancierten, behutsamen Initiationsbericht vor uns, während die Masse der Publikationen heutzutage gern die derbste Sexualität ins Zentrum rückt. Ist das nicht ein Grund mehr, ihn zu veröffentlichen?

Frühjahr 2002 *Catherine Gide*

Gide oder Die ewige Jugend

Seit dem Sommer 1907 schlummerte in den Papieren André Gides diese Ringeltaube, *die seine Tochter Catherine zufällig gefunden hat und zu unserer größten Freude ediert sehen wollte. Ein bisher unveröffentlichtes Werk von Gide erscheint beinahe ein Jahrhundert nach seiner Niederschrift: Das kommt nicht jeden Tag vor. Wie bei den* Falschmünzern, *nur in kleinerem Maßstab, gibt es auch hier den Text* Die Ringeltaube, *die Geschichte der Ringeltaube, alias Ferdinand, und die Geschichte des Textes* Die Ringeltaube. *Fehlt nur noch das* Tagebuch der Ringeltaube … *Gide hatte bekanntlich eine Vorliebe für diese vielfachen literarischen Spiegelungen »en abyme«.*

Die Ringeltaube *ist eine kurze Novelle (»sieben recht große Bogen«, notiert Gide am 1. August 1907 in seinem* Tagebuch*), in der er von jener ungewöhnlichen Nacht des 28. Juli erzählt, die er auf dem Anwesen seines Freundes Eugène Rouart in Bagnols-de-Grenade, unweit von Toulouse, mit Ferdinand Pouzac, dem zweitgeborenen Sohn eines Knechts von Rouart, verbrachte.*[2] *Eine Nacht? Eher ein paar Stunden, denn der Abend hatte in Fronton begonnen, wo Gide an einer Feier anläßlich des haushohen Sieges von*

Rouart bei den Wahlen zum Bezirksrat teilnahm. (Eugène Rouart sollte seine politische Laufbahn fortsetzen und Senator des Departements Haute-Garonne werden.) Dank der Hilfsbereitschaft des Freundes konnte Gide dann in Begleitung des Jugendlichen – Gide glaubte, Ferdinand sei fünfzehn, in Wirklichkeit war er siebzehn – unauffällig verschwinden und auf seinem Zimmer in dessen Armen die Wollust erfahren. Nebenbei sei erwähnt, daß Ferdinand den reizenden Spitznamen »Ringeltaube«, mit dem die Freunde (Gide, Rouart und Ghéon) ihn stets bezeichnen werden, damals erhielt, »weil das Liebesabenteuer in der Nacht ihn so sanft gurren ließ«, wie Gide schreibt. Ohne auf die näheren Umstände des Abenteuers selbst und seiner Erotik »voller Lebensfreude«, wie Catherine Gide sagt, einzugehen, halten wir fest, daß Gide den Jüngling, der ihm unmißverständlich die Fellatio anbietet, etwas keß findet. »Ich hielt ihn zurück, da ich selbst nicht sehr lasterhaft bin und es mir widerstrebte, durch irgendeinen häßlichen Exzeß die Erinnerung zu verderben, die uns beiden von dieser Nacht bleiben würde«, erklärt er. Gide, den einige leichtfertig als perversen Verführer beschrieben, schätzte, wie man weiß und wie er wiederholt äußerte, eine kindliche Form der Sexualität, wobei er sich mit der »flüchtigsten Berührung« begnügte und die jun-

gen Männer stets einverstanden oder sogar die treibende Kraft waren.

Jedenfalls hinterließ jene Nacht des 28. Juli 1907 bei dem fast Vierzigjährigen (Gide ist 1869 geboren), der bereits an die zwanzig Bücher verfaßt hatte, darunter so bedeutende wie Paludes *(1895),* Die Früchte der Erde *(1897) und* Der Immoralist *(1902), einen tiefen und dauerhaften Eindruck: »Ich machte Freudensprünge und hätte meilenweit gehen können; ich fühlte mich zehn Jahre jünger.« Den Bericht dieser Nacht – die für ihn fast so bedeutend ist wie 1895 seine Begegnung mit dem jungen Mohammed in Nordafrika, und 1910, nach Ferdinands Tod, wird Gide die beiden Episoden miteinander in Verbindung bringen – schreibt er in einem Zug nieder, aber nicht ohne an seinem Text zu feilen, wie die durchgestrichenen Passagen und Korrekturen im Manuskript beweisen. Als er am 1. August 1907 in sein Haus im normannischen Cuverville zurückkehrt, ist* Die Ringeltaube *fertig – und in einem Briefumschlag verwahrt. Am 9. August wird er sie seinem Freund Jacques Copeau vorlesen, dessen Reaktion er fürchtet. Dieser zeigt sich gerührt von der Geschichte.*

Die Rede war erneut von Ferdinand, als dieser krank wurde und Rouart und Ghéon ihn im Krankenhaus besuchten und sich um ihn kümmerten. Dann wieder bei seinem Tod 1910. Und schließlich 1921 am Rand des Manuskripts von Stirb und werde. Die Ringeltaube *hätte ein Roman werden sollen, namentlich aus der Feder Eugène Rouarts. Wir wissen nicht, ob er ihn geschrieben hat. Es kann aber sein, daß Gides Novelle, von deren Existenz er wußte, auch wenn er sie nicht gelesen hatte, Rouarts Inspiration zunichte machte.*

Gide hat seinen Text nie publiziert, obwohl er sonst nicht die Gewohnheit hatte, Unveröffentlichtes, auch persönlichen Charakters, für sich zu behalten. Vielleicht war ihm gerade dieser Text, als Ausnahme von seiner Regel, zu intim, zu »eindeutig«. Und vielleicht beherzigte er auch, was einige seiner Freunde, wie der sehr vorsichtige Roger Martin du Gard, ihm rieten. Essayisten und Biographen hat das nicht gehindert, sich lang und breit über Die Ringeltaube *auszulassen. So nimmt der gehässige José Cabanis in* Dieu et la NRF[3] *im Kapitel über Henri Ghéon wortreich zu der Episode Stellung. In seiner Biographie* André Gide ou la vocation du bonheur, *auf deren Fortsetzung wir noch immer warten (einmal müßte dieser »Fluch« erklärt werden, daß es noch niemandem gelungen ist, Gides Leben von seiner Geburt bis zu seinem Tod 1951 erschöpfend und endgültig zu beschreiben, wohingegen seine Jugend in allen Ein-*

zelheiten erforscht worden ist, insbesondere von Jean Delay), erwähnt auch Claude Martin die Geschichte und erläutert in einer Anmerkung: »Gide hat diesen Abend mit der ›Ringeltaube‹ ausführlich geschildert [...], auf sieben Bogen, die nie veröffentlicht, aber sorgfältig in einem gelben Umschlag aufbewahrt wurden, der erhalten ist (Archiv Catherine Gide).«[4] Hier spürt man die nur zu verständliche Frustration des Forschers.

Heute können wir Die Ringeltaube *endlich in ihrer ganzen »Frische« und »Poesie«, wie Catherine Gide schreibt, entdecken. Ja, Frische und Poesie. Wir wissen, daß Gide sein Leben lang von Dutzenden Scheinheiligen, von Konformisten aller Art angegriffen wurde, die seinen Lebenswandel, seine Bekenntnisse zum Vorwand nahmen, um sein Werk auf den Index zu setzen und ihn an den Pranger zu stellen. Selbst heutzutage steigt diese haßerfüllte Kritik manchmal im Namen der Political correctness wie der Phönix aus der Asche. Genug davon! Gide selbst, in die Enge getrieben und verletzt durch ein vulgäres – und bezeichnenderweise anonymes – Pamphlet, das 1931 erschien, schrieb folgende, von Claude Martin zitierte Zeilen an Martin du Gard: »Die Jugend verderben! Als wäre die Einführung in die Lust an sich eine Perversion! Im allgemeinen ist sie ganz das Gegenteil!*

Man vergißt oder vielmehr verkennt, was mit diesen Liebkosungen einhergeht, in welcher Atmosphäre des Vertrauens, der Aufrichtigkeit, des edlen Wettstreits diese Art Freundschaften entstehen und sich entwickeln! […] Zu meiner Rechtfertigung kann ich sagen: Mein Einfluß auf die Jugendlichen, die auf mich zugegangen sind, war immer nützlich und heilsam. Ja, das ist kein Paradox: Meine Rolle war immer eine versittlichende. *Stets ist es mir gelungen, das Beste, was sie in sich hatten, noch zu steigern! Wieviele bereits auf die schiefe Bahn geratene Jungen habe ich auf den rechten Weg gebracht, die sich ohne mich ihren niedrigsten Instinkten überlassen hätten und vollends abgerutscht wären! Wieviele Aufsässige, Faule, Heuchler, Lügner haben auf meine Ratschläge gehört und Geschmack an der Arbeit, an der Redlichkeit, an der Ordnung, an der Schönheit gefunden! Eben dank dieser gegenseitigen Anziehung, dieser gegenseitigen Zärtlichkeit …«*[5]

Ein Plädoyer in eigener Sache vielleicht, aber auch das ergreifende Bekenntnis eines Mannes, der wiederholt den Angriffen seiner Zensoren ausgesetzt ist und der sich, was selten vorkommt, zu seinen Beziehungen äußert, wenn auch nur privat. Bisweilen vergißt man, wieviel Haß und Eifersucht Gide sein Leben lang erregte, beinahe soviel wie Bewunderung und

Begeisterung; entsprechend eben seinem Format, seinem Einfluß auf Generationen von Lesern und Schriftstellern. Diese Zeilen haben etwas Sokratisches.

Und typisch für Gide ist auch diese Umkehrung der Situation, diese Pose als Verteidiger von Ordnung und Moral. Gide war kein Genet, dazu war er zu protestantisch. Gide hat es nicht nötig, entschuldigt oder verteidigt zu werden.

Hier muß man ihn einfach lesen. Entdecken wir also diese berühmte Ringeltaube *in ihrer authentischen Gestalt. Gide und Ferdinand in ihrer ewigen Jugend. Nicht wie ein Archäologe, der einen Papyrus aus einem Grab holt, sondern wie ein Amateur, der zu dem verwirrenden literarischen Puzzle namens »Gesammelte Werke von André Gide« das ganz kleine Teil hinzufügt, das noch fehlte. Seit fünfundneunzig Jahren.*

Jean-Claude Perrier

Die Ringeltaube

Juli 1907
Bagnols – Ferdinand – Die Ringeltaube

An diesem Tag (28. Juli 1907), dem Tag der Wahlen zum Bezirksrat, war in Fronton, der Kreisstadt, gerade Volksfest. Eug[ène] hatte konkurrenzlos und haushoch gewonnen. Musik, Festbeleuchtung, Raketen, alles schien zu seinen Ehren da zu sein. Nach der Auszählung der Stimmen seiner Kommune waren wir mit dem Gastwirt Lafage, dem Doktor Coulon und Fabre, dem Beigeordneten, in Fronton zum Essen gegangen.

Man servierte uns Schnecken und Kutteln, ich tat nur so, als würde ich davon essen; dann ein dürftiges Huhn. Doch nach der erdrückenden Hitze des Tages hatte man mehr Durst als Hunger, und die vorzüglichen Weine flossen reichlich. Am Nebentisch speisten mit Raymond, dem Chauffeur, die drei Fahrradboten, die R[ouart] eigens ausgeschickt hatte und die das glückliche Ergebnis der Wahlen aus den anderen Kommunen berichteten. Es waren Baptiste, sein Bruder Ferdinand und ein Dritter, Belangloserer, den ich noch nie gesehen hatte. Durch Zufall kam ich in Ferdinands Nähe; wir saßen fast Rücken an Rücken. Als zu der Musik auf dem Platz Raketen losgingen, konnte ich mich, ohne daß es allzu unnatürlich aussah, zu ihm hinüberbeugen und mich dabei mit einer Hand auf sein Knie stützen. Zweifellos spürte er, daß ich es mit einer gewissen Absicht tat, denn ich glaube wohl, er lächelte mir zu. Das Essen zog sich in die Länge; ich sehnte mich danach, mit ihnen ins Fest einzutauchen. Der Doktor, der Beigeordnete und der Gastwirt ließen sich mit meinem Freund auf eine politische Diskussion ein, ich stahl mich davon, beinahe ohne daß sie es merkten. Der kleine Coulon, der Sohn des Doktors, der um uns herumstrich, folgte mir. Ich fürchtete ein wenig, diesen Knaben verstimmt zu haben, da ich ihn acht Tage zuvor bei einer Fahrt im Automobil ein wenig bedrängt hatte. Er war im Gegenteil aber sehr zuvorkommend und erbot sich, mich zu führen. Die Hauptstraße des Dorfes war recht hübsch illuminiert. Dort drängte sich das Volk, und auf einem kleinen Platz spielte ein bescheidenes Orchester die Art Musik, die man zum Tanzen braucht. Der kleine Coulon, der sich ganz gelöst an mich lehnte, schien mir äußerst liebenswürdig; und sicher wäre er, hätte ich ihn umworben, nicht mehr so zurückhaltend gewesen wie neulich.

Er war es sogar, der mich etwas später am Abend fortzog und sich, abseits von der Menge und im Schatten, unter dem Vorwand der Müdigkeit beim ersten Wink ganz nah zu mir auf die Stufen einer Treppe setzte; an jedem anderen Abend hätte mir diese Freude genügt.

Doch die Menge lockte, und bald trafen wir wieder auf die Gruppe der vier jungen Leute vom Abendessen. Raymond, von ebenmäßiger Schönheit und allzu sehr dafür geschaffen, den Frauen zu gefallen, ließ mich kalt; nicht so Baptiste und noch weniger Ferdinand.

[*Durchgestrichen:* Er war ein Jahr jünger als sein Bruder, ich hatte ihn auf dem Hof nicht richtig gesehen oder nicht richtig angeschaut. Ich erkannte ihn kaum. Gewiß, die Freude und der Wein waren uns allen zu Kopf gestiegen; machte ihn das wirklich schöner, oder kam es mir nur so vor?]

Baptiste war sechzehn, Ferdinand ein Jahr jünger als sein Bruder. Auf dem Hof hatte ich ihn kaum bemerkt; der Überschwang des Festes verwandelte ihn. Doch da ich meine Vorliebe nicht zu früh offenbaren wollte, plauderte ich mit allen vieren gleichermaßen, animierte sie zum Tanzen, bot an, für sie Weiber, wie sie es nannten, aufzufordern. Ferdinand trug eine bauschige Leinenhose, die an den Fesseln mit den Riemen der Sandalen zusammengebunden war, so daß er aussah wie ein Mameluck. Die engsitzende leichte Jacke betonte seine Schlankheit. Den Hut, den er aufhatte, sehe ich nicht mehr vor mir, aber ich erinnere mich, daß ihm die halblangen Haare ungeordnet in die Stirn hingen. Sein Hemd, das unter der offenen Jacke hervorschaute, war, wie auf dem Land üblich, dunkelblau.

Ich ging am Arm bald des einen, bald des anderen; im Schutz der Menge und der Nacht wagte ich mehr. Und alles, was ich wagte, schienen sie zu erwarten, so bereitwillig gaben sie sich zu dem her, was schon mehr als Kühnheit war.

Vater Coulon, der Doktor, scheuchte mich auf. Er klopft mir plötzlich auf die Schulter: »Ach, Sie wollen sich verdrücken! – Kommen Sie doch mit.« Und so weiter. Ich tue, als folgte ich ihm, und ergreife die Flucht.

An der Biegung der Straßen sehe ich im Halbschatten, wie sich Raymond und Ferdinand, die das bestimmt verabredet hatten, treffen und in die Nacht davonlaufen. Einen Augenblick war meine Freude von der Sorge getrübt: Wo sind sie? Was machen sie?

Erst sehr viel später brachte mich der kleine Coulon auf den Gedanken, sie beim Automobil zu suchen. Dieses war im Schuppen des Doktors abgestellt worden. Tatsächlich, da sind Raymond und Ferdinand damit beschäftigt, es wieder in Gang zu setzen. Ich nehme Ferdinand beiseite, frage ihn, was er mit Raymond gemacht habe, kann jedoch nichts aus ihm herausbringen. Aber ich bin nicht abweisend und liebkose ihn, während ich ihn befrage, mit der Hand, mit dem Lächeln und mit der Stimme.

Wir fahren ab. Gern blieb ich noch; doch warum? Ferdinand folgt uns. Ich befürchte, daß das Auto zu schnell ist, daß er nicht Schritt halten kann; doch nein; tapfer legt er sich ins Zeug und gewinnt an den Steigungen sogar einen Vorsprung vor uns.

Unterdessen erzähle ich R[ouart] meinen Tag: die Begegnung mit Jean Coulon am Ufer der Garonne. Seine Bemerkung, sobald ich angefangen habe: »Der kleine Touja wollte es gerade mit mir treiben.« (François Touja ist der, dem wir wegen seines gebräunten Gesichts den Spitznamen »Aprikose« gegeben hatten; er ist der jüngste in R[ouart]s Herde.) Jean Coulon ist trotz seiner Bereitwilligkeit zu unreif und erregt nur mein

Gehirn; trotzdem habe ich bei ihm große Lust empfunden. Noch unreifer und dennoch fabelhaft entwickelt, der kleine Lazare, Jeans Bruder, den ich mir im Vorbeigehen auf einer Gartenbank schnappe, hingestreckt wie zur Siesta, aber sein Blick begehrlich, lüstern und verschlagen, drei Tage mußte ich ihm hinterherlaufen. Was hätte ich nicht alles zu sagen über diesen Nichtsnutz!

Diese beiden am Tag und nachts der Sohn des Doktors, das hatte mich einigermaßen erschöpft. Um wieder neues Verlangen zu verspüren, brauchte es diese außerordentliche Gelegenheit, die sich durch R[ouart]s Entgegenkommen bieten sollte. Vielleicht trug Ferdinand selbst ein wenig dazu bei. Denn schließlich, warum begleitete er uns, als einziger von seiner Bande, während sich sein Bruder und seine Freunde weiter in Fronton amüsierten? In den vergangenen Tagen hatte Rouart sein Bestes getan, um mir zu meiner Lust zu verhelfen. Eines Abends hatte er Aprikose kommen lassen; eines Morgens hatte er mir den großen Jacques gebracht. Es lag nicht an ihm, wenn diese gleichzeitig allzu vorbereiteten und allzu hastigen Freuden meinen Hunger nur sehr schlecht gestillt haben. Ich verhehlte ihm nicht, daß ich keuchend, mit hängender Zunge und erbärmlich beklommen von B. aufbrechen würde. Als perfekter Kandaules arrangiert er also Folgendes: Da er, bevor er nach Hause fährt, noch bei seiner Gemeinde verweilen und sich mit einigen einflußreichen Wählern unterhalten muß, verläßt er das Auto und gibt dem Chauffeur Anweisung, mich bis zum Bahnübergang zu fahren, zu den »drei Brücken«, wie die Stelle genannt wird; er fügt hinzu: »Von dort kann Herr G[ide] zu Fuß heimgehen; Ferdinand wird ihn begleiten.«

Ich hätte Ferdinand fragen sollen, ob er damit rechnete, was er erwartete, was er wollte, als er uns mit dem Fahrrad folgte. Ich bedaure, es nicht getan zu haben. Aber sobald ich allein mit ihm auf der Straße war, wich jeder Gedanke aus meinem Kopf, und ich verspürte nur noch Freude, Trunkenheit, Begierde und Poesie. Eine Zeitlang gingen wir unter großen Bäumen dahin. Ferdinand war abgestiegen und schob sein Fahrrad. Er ging dicht neben mir, ließ mich ihm die Hand auf die Schulter oder auf die Hüfte legen. Sein Gesicht war schweißnaß. Als wir unter den Bäumen hervorkamen, ergoß sich das Mondlicht über uns.

»Es ist schön. Es ist schön«, sagte er immer wieder. Ich fühlte, wie er noch mehr an Leib und

Seele zitterte als ich, und in mir folgte eine große Zärtlichkeit auf das hitzige Fieber des ganzen Tages. Wir schritten sehr schnell aus, denn da ich ihn mit auf mein Zimmer nehmen wollte, hatte ich es eilig heimzukommen. Einmal schlug ich ihm jedoch vor anzuhalten. Er legte sein Fahrrad in den Straßengraben, und wir lehnten uns an einen Heuschober. Wie trunken ließ er sich gegen mich fallen; stehend schloß ich ihn in meine Arme. Er legte zärtlich seine Stirn an meine Wange; ich küßte ihn. Er sagte wieder: »Wie schön es ist!«, und während meine Lippen auf den seinen lagen, fing er an, so ganz leise gurgelnde Laute von sich zu geben. Das Gurren einer Taube, hätte man glauben können. »Gehen wir nach Hause«, sagte ich. »Du kommst mit auf mein Zimmer, ja?« – »Wenn Sie wollen.« – Und wir machten uns auf den Weg.

Irgendwann sagte er zu mir: »Schade, daß wir keine haben.« (Ich glaube, er sagte das, bevor wir bei dem Heuhaufen stehengeblieben waren.) »Keine was?« fragte ich ein wenig bange. Ich verstand nicht; einen Augenblick dachte ich, er spreche von sich selbst, von irgendeiner unangenehmen Besonderheit, irgendeinem Mangel, und wunderte mich, denn ich hatte mich im Gegenteil schon davon überzeugen können, daß ... »Sie wissen schon«, erwiderte er. »Nein, wirklich nicht. Was meinst du, was wir nicht haben?« – »Mädchen.« Zweifellos sagte er das für mich, aus Anstand, aus Tradition und weil er in seiner Naivität glauben mochte, ich nähme ihn als Notbehelf. »Ich komme gut ohne sie aus«, sagte ich, und dann: »Warst du schon bei ihnen?« Ein wenig verlegen antwortete er: »Manchmal – nicht oft.« Zweifellos hätte er besser geantwortet »nie«. Sein Wesen, seine Worte zeigten eine außerordentliche Unschuld, für die er sich ein wenig schämte und die er vor mir zu verbergen suchte. Auch Rouart hatte sich ihm noch nicht genähert; und das Abenteuer dieser Nacht war, glaube ich, so gut wie vollkommen neu für ihn.

Nicht weit vom Haus warf er sein Fahrrad in ein Gebüsch. Ich ließ ihn einen Augenblick vor der Eingangstür warten, die ich ihm von innen aufsperrte, nachdem ich das Erdgeschoß von der Küche her durchquert hatte. Wie ich mich beeilte! Was hätte ich getan, hätte ich ihn dort im hellen Mondschein, hinter jener Tür, die ich sachte einen Spalt öffnete, nicht mehr vorgefunden? Obwohl das Haus ganz leer war, schlichen wir wie zwei Diebe nach oben.

Dann sind wir im Zimmer; dann sind wir auf dem breiten Bett. Ich lösche das Licht; ich öffne Fenster und Läden weit auf die Nacht, auf den Mond.

»O ja, wir werden uns beide nackt ausziehen!« ruft er in fröhlich-jungenhaftem Ton, der in sonderbarem Gegensatz steht zu seinem mädchenhaften Gebaren – als ich beginne, ihn zu entkleiden. Die Schönheit dieses kleinen, vom Mondlicht beschienenen Körpers ist unbeschreiblich. In seiner schlechtsitzenden Kleidung konnte ich mir seine Schönheit nicht vorstellen. Kaum weniger kindlich als der *Dornauszieher*, ohne jede Verlegenheit und ohne übermäßige Schamlosigkeit, überließ er sich der Liebe mit einer Ungezwungenheit, einer Zärtlichkeit, einer Anmut, wie ich sie noch nie erlebt hatte. Seine sonnengebräunte Haut war zart und glühend, ich bedeckte sie über und über mit Küssen. Einen Moment lang täuschte er sich wohl; ganz belustigt sagte er: »O ja, wir werden uns einen blasen!« An seiner doch etwas zitternden Stimme merkte ich, daß er das sagte, um zu prahlen, nicht aus Verderbtheit, sondern aus Scham über seine Unschuld und weil er nicht auf halbem Weg stehenbleiben wollte. »Hast du es schon einmal gemacht?« fragte ich ihn. »Nein, noch nie. Aber man hat mir gesagt, wie es geht.« Ich hielt ihn zurück, da ich selbst nicht sehr lasterhaft bin und es mir widerstrebte, durch irgendeinen häßlichen Exzeß die Erinnerung zu verderben, die uns beiden von dieser Nacht bleiben würde. Ich habe keine schönere erlebt. Manchmal unterbrachen wir unsere Spiele, und ich verharrte aufgerichtet, über ihn gebeugt, in einer Art Angst, Verblüffung, Verwunderung vor seiner Schönheit. Nein, dachte ich, selbst Luigi in Rom oder Mohammed in Algier hatten nicht so viel Anmut und zugleich so viel Kraft und fanden nicht derart leidenschaftliche und zarte Bewegungen für die Liebe.

Es kommt sehr selten vor, daß ich, befriedigt, das Zusammensein noch verlängern will. Hier konnte ich mich nicht zum Abschied entschließen. »Ich bleibe, solange Sie möchten«, sagte er. Doch er mußte zeitig mit der Arbeit anfangen. Und auch wir mußten in aller Frühe mit dem Auto wegfahren. Zudem hatte ich Angst, R[ouart] könnte just dann nach Hause kommen, wenn Ferdinand in den Hof hinaustrat, oder der Chauffeur könnte ihn sehen ... Es war nach ein Uhr morgens.

Ich ließ ihn gehen. Ich hörte ihn die Treppe hinunterlaufen, die Tür öffnen; ich schaute aus dem Flurfenster; ich konnte nicht sehen, wie er den Hof durchquerte.

Kurz darauf kam R[ouart] zurück. Ich war froh, mit ihm zu sprechen; ich hätte mein Glück allen entgegenschreien können. R[ouart] war ganz begeistert von meiner Geschichte und dem, was ich ihm über denjenigen sagte, den wir bald »die Ringeltaube« nannten, weil das Abenteuer der Liebe ihn in der Nacht so sanft gurren ließ. Es war spät. Wir gingen auseinander, aber keiner von uns konnte auch nur einen Augenblick schlafen. Um vier Uhr standen wir auf. Wir hätten sofort aufbrechen müssen. Doch meine Beschäftigungen am Vortag hatten mir keine Zeit gelassen, meinen Koffer zu packen. Erst gegen fünf Uhr konnte das Auto starten. Nachdem wir mein Gepäck in Toulouse deponiert hatten, besuchten wir Paul Laurens in La Galaube in der Montagne Noire. Die Strecke war wunderbar, aber viel länger, als wir geglaubt hatten. Wir kamen erst um ein Uhr zum Mittagessen dort an. Diesen ganzen Morgen war ich körperlich und geistig in außerordentlich guter Verfassung, voller Schwung, wie in Algier nach meiner ersten

Nacht mit Mohammed. Ich machte Freudensprünge und hätte meilenweit gehen können; ich fühlte mich zehn Jahre jünger.

Nachwort

I. Die Ringeltaube

André Gide erlebte das Liebesabenteuer, von dem Die Ringeltaube erzählt, im Juli 1907 während eines Aufenthalts bei seinem Freund Eugène Rouart (1872–1936). Dieser bewirtschaftete als Diplomlandwirt ein großes Gut in Bagnols-de-Grenade, am Zusammenfluß von Garonne und Hers, das er 1902 gekauft hatte. Rouart und Gide kannten sich seit Februar 1893. Seit Oktober 1893 hatte sich zwischen den beiden Freunden eine echte Vertrautheit hergestellt. In Briefen, die Gide während seiner Reisen nach Nordafrika (1893/1894 und 1895) an Rouart schrieb, skizzierte er erste Seiten von Die Früchte der Erde. In diesem lyrischen Brevier kommt bereits die Figur des Ménalque vor, die dann in La Villa sans maître wieder erscheint, einem Roman, den Rouart 1898 veröffentlichte und der seinerseits den Keim zu jenem »Leben des Ménalque« legte, das Gide in einer Besprechung des Romans seines Freundes ankündigte – und aus dem Der Immoralist werden sollte.[6]

Diese literarische Zusammenarbeit fand, wie man im folgenden sehen wird, ihre Fortsetzung im

»Roman von der Ringeltaube«: Denn ebenso wie Ménalque fühlten sich die beiden Freunde zu jungen Burschen hingezogen. Schon 1896 hatte Rouart sich André und Madeleine Gide auf ihrer Hochzeitsreise in Nordafrika angeschlossen und dort unter Gides Augen die Gunst des jungen Mohammed genossen. Mit ebendiesem hatte Gide im Jahr zuvor, von Oscar Wilde ermuntert, eine solche Ekstase erlebt, daß er sich entschloß, seine homosexuelle Neigung zu akzeptieren.

Am 1. August 1907 erwähnt Gide, zurück in Cuverville, in seinem Tagebuch den »Sonnenmonat«, den er im Südwesten verbracht hat, und schreibt:

Den schönen Abend des 28. Juli habe ich anderswo erzählt und (sieben recht große Bogen) in einem Umschlag verwahrt (Bagnols – Juli 1907 – Ferdinand – Die Ringeltaube).[7]

Kurz darauf erhält er von Rouart einen Brief, in dem sich der zukünftige Senator des Departements Haute-Garonne eine verschlüsselte Erklärung erlauben kann:

Ich beabsichtige, diese Ringeltaube zu zähmen, deren beeindruckendes Gurren Dich neulich gerührt hat; am Sonntag habe ich mir schon große

Mühe gegeben; es ist das erste Mal, daß ich mich so stark für einen Vogel interessiere.[8]

Gide reist in der folgenden Woche nach Saint Brelade auf Jersey, wo er sich bei Jacques Copeau einquartiert. Dieser notiert am 9. August, Gide habe ihm etwas vorgelesen, und zwar:

[...] einige Seiten einer Erzählung über seinen Aufenthalt im Midi, bei Rouart. Es ist das exaltierte Abenteuer, das er mit einem jungen, fast jungfräulichen Burschen von dort unten hatte, den er »die Ringeltaube« nennt, weil die Wollust seiner Kehle eine Art Gurren entlockte. Ein Abenteuer, wie er nie ein schöneres, poetischeres, ergreifenderes erlebt hat und von dem er sich ganz verjüngt fühlte.

Aus diesen Aufzeichnungen geht hervor, daß Gide die unmittelbar unter dem Eindruck der Nacht des 28. Juli geschriebenen Seiten »im verschlossenen Umschlag« aus Cuverville mitgebracht hatte. Copeaus Reaktion verdient unsere Aufmerksamkeit:

Diese Geschichte widert mich nicht etwa an, wie G[ide] zu befürchten scheint, sondern sie rührt mich; sie verwirrt mich und ruft leidenschaftliche Erinnerungen an frühere Sinnenfreuden wach.[9]

Gide, der seine literarischen Projekte bekanntlich lange mit sich herumzutragen pflegte, hatte diesmal gegen seine Gewohnheiten verstoßen – und gut daran getan, denn es erlaubte ihm, Eugène Rouart zuvorzukommen. Dieser, der Gides Text vielleicht kannte – zumindest wußte, daß Gide ihn geschrieben hatte –, entschließt sich ebenfalls, die Nachwirkung, die er von seinem eigenen Stelldichein mit Ferdinand spürt, zu Papier zu bringen. Am 11. August schickt Gide nach der Lektüre eines Manuskripts, das nicht erhalten zu sein scheint, Rouart einen Brief, in dem er ihm zu einer Ästhetik rät, die er soeben in seiner eigenen »Erzählung von der Ringeltaube« angewandt hat:

Habe die beiden Seiten Deines Romans erhalten; möchte den Vorwurf wagen, daß die Szene etwas unklar bleibt; die Gefühle kann man sich leicht vorstellen; es sind die Kleinigkeiten, auf die es ankommt, die für Anschaulichkeit sorgen; die nicht zu ersetzenden, nicht zu erfindenden Kleinigkeiten. Man weiß nicht so recht, wo und wie sich das abspielt; Du solltest, wie Flaubert in

Rouen, Dich trauen, die Gefühlswallungen, von denen Du erzählst, in einer bestimmten Ecke von Toulouse oder Bagnols stattfinden zu lassen [...], ohne daß es notwendig ist, diese Ecke zu benennen [...]. Aber wahrscheinlich bist Du schon viel weiter. Gleichviel: Was ich Dir hier sage, läßt sich genauso auch später anwenden.[10]

Inzwischen hat Rouart, seiner Antwort vom 16. August zufolge, mit der Arbeit an einem Roman begonnen, der ein Roman der Leidenschaft werden soll. Für ihn, den Gefühlsmenschen, ist das literarische Werk vor allem eine Möglichkeit, sein Herz auszuschütten. Im übrigen ist er überzeugt, daß die zwei Seiten, die er Gide gesandt hat, einen Text ankündigen, in dem er seinen etwas blaß gebliebenen Gedanken noch Farbe verleihen wird:

Ich schreibe leicht, die Hände sind schon in Schwung, und ich beginne [...] einen Roman, dessen Thema mich sehr berührt; ich glaube, daß er Dich interessieren wird und daß ich das Zeug dazu habe, die Gefühle auszudrücken, an die ich im Augenblick denke.[11]

Beflügelt von der Erinnerung, ließ er Gide als ersten in den Genuß dieses Romans kommen. Beim Lesen des überschwenglichen Textes erkennt man die Berechtigung der Ratschläge des Freundes und schätzt umso mehr die Deutlichkeit, die konkrete Genauigkeit der Schilderung, die uns der zukünftige Autor der Verliese des Vatikans *bietet:*

Sie trafen sich an einem frühen Sommermorgen in einem Gasthaus in der Stadt, wo sie endlich einander gehörten. Es war ein müßiger Sonntag. F... hatte noch die Liebkosungen des anderen auf der Haut; sie trafen sich noch zweimal, eines Abends im warmen Dunkel eines Zimmers mit offenen Fenstern und ein anderes Mal flüchtig zwischen Tür und Angel in der Mittagshitze; das war nicht die unerfreulichste Begegnung, und sie verstärkte ihr Verlangen nach einander. Als er kam, lächelte sein sanftes Gesicht, [...] mit einem verstohlenen Blick. »Ich mußte Sie wiedersehen«, waren seine ersten Worte. Da waren unbändige Leidenschaft, Küsse, Liebkosungen, Zärtlichkeit, Trunkenheit, Freude – und das Glück, sich zu kennen. [...]

Da ist noch viel zu schreiben – ich gebe Dir eine vage Vorstellung davon.[12]

Es sei daran erinnert, daß Gide damals eine Zeit der Unproduktivität durchmacht. Er kämpft, um den Schwung wiederzufinden, der ihm erlaubt, sich von neuem an Die enge Pforte *zu machen. Nach der* Rückkehr des verlorenen Sohnes, *einem brillanten kleinen Werk, das er im Februar und März 1907 in einer plötzlichen Eingebung niedergeschrieben hatte,*[13] *läßt Gide mit dem »Roman von der Ringeltaube« einer deutlicher homosexuellen Inspiration freien Lauf. Doch er weiß, daß sein Manuskript im Moment eine Sackgasse darstellt. Gewiß kommt es nicht in Frage, einen so expliziten Text zu veröffentlichen. Vielleicht zieht er es vor, die Arbeit an literarischen Texten über skandalöse Erfahrungen, obwohl sie ihm am Herzen liegen, fürs erste anderen zu überlassen. Wir wissen, daß er infolge der Geschichte mit Maurice Schlumberger, den er 1904/1905 mit Henri Ghéon teilte, letzteren 1907 ermutigen wird, seinen Roman* L'Adolescent *fertigzustellen.*[14] *Entscheidet sich Gide bezüglich seiner eigenen corydonesken Projekte also für Vorsicht, so läßt er bei dem Gedanken, Rouart könnte die Idee, auf die sie gemeinsam kamen, vergeuden, doch eine gewisse Besorgnis (und sogar einen Anflug von Eifersucht) erkennen. Ende August schreibt er aus Saint Brelade:*

Die paar Hinweise, die Du mir zu Deinem Roman von der Ringeltaube gabst, hatten mich zunächst sehr verwirrt. Ich denke nicht ohne Angst daran, daß Du Dich, zurück in Bagnols, wieder an diese Geschichte wirst machen können. Selten habe ich mir so sehr gewünscht mitzuarbeiten.[15]

Rouarts Roman, angenommen, er wurde zu Ende geschrieben, ist nie veröffentlicht worden. Das heißt aber nicht, daß man nicht eines Tages auf seine Spur kommen wird; andere Romane, die Rouart in sehr kleiner Auflage drucken ließ (Baudelaire et l'époque, *1895) oder deren Manuskript er aufbewahrte (*La Maison du bien-être, *1902), warten irgendwo darauf, ausgegraben zu werden ... Im Augenblick bietet uns die kurze Erzählung von Meisterhand den Kern der Geschichte.*

Was wissen wir von Ferdinand, der eine so prägende Rolle für Gide gespielt hat? Ein Jahr nach der entscheidenden Begegnung wurde die »Ringeltaube« krank. Das verrät uns eine handschriftliche Notiz im Ordner De me ipse, *den Gide im Hinblick auf seine Autobiographie auf dem neuesten Stand hielt. In der Tat schreibt Rouart am 22. August 1908 an Gide:*

»Ferdinand hat eine Stunde im Hers gebadet und hat ein vom Rheumatismus ganz geschwollenes Knie, ich pflege ihn.«[16] *Zwei Tage später hat sich die Lage verschlimmert. In einem Brief vom 24. August 1908 liest Gide:*

Ich komme aus dem Krankenhaus, in das ich Ferdinand bringen mußte […]: Trotz der Liebenswürdigkeit der Ärzte komme ich erschüttert zurück, der Junge hat eine verdächtige Schwellung am Knie – er wirkte wie ein Opfer, seine scheue Mutter wollte ihn nicht gehen lassen; gestern, als ich nicht da war, hat man sie besucht und ganz durcheinandergebracht; nichts liegt mir so am Herzen wie der Kampf gegen die Furcht und Unwissenheit unserer Bauern – ich habe einen Sieg davongetragen und ihr Vertrauen gewonnen, aber es war nicht leicht.

[…] wie gut Du dieses Gefühl verstehst angesichts des Kranken, der der Barbarei ausgeliefert ist; ich muß Dir von meiner heutigen Aufregung erzählen. […] Das Schluchzen von Philomène, Ferdinands Mutter, als ich ihn in die Arme nahm, um ihn ins Auto zu tragen, war mir noch lange im Ohr.[17]

Am 5. Oktober ist Ferdinand »immer noch im Krankenhaus«, es geht ihm seit zwei Tagen besser, aber Rouart fürchtet einen Rückfall: »Seine Eltern sind bekümmert, es tut weh, die armen Leute zu sehen.«[18] *In dieser Zeit hält sich Henri Ghéon in Bagnols auf, und am 19. und 20. Oktober erzählt er in einem langen Brief, in dem die meisten Personen vorkommen, denen man im »Roman von der Ringeltaube« wiederbegegnet, von seinem Besuch im Krankenhaus und berichtet, daß es »der armen Ringeltaube [...] besser geht. Das Bein ist noch steif. Er wird nicht seine ganze Beweglichkeit wiedererlangen, aber er wird gehen können.« Gides »freimütiger Gefährte«, der »die Ringeltaube« zum erstenmal sieht, fügt hinzu: »Ich muß gestehen, daß ich ein wenig enttäuscht war von der zu großen Blässe, den zu schönen Blicken und der ziemlich unvorteilhaften Frisur.«*[19]

Im selben Brief erwähnt Ghéon nebenbei einen Besuch bei den Eltern der »Ringeltaube«, ohne auf deren Identität einzugehen. Ein Brief Rouarts jedoch bezeichnet Ferdinand als den »zweitgeborenen Sohn meines Großknechts in La Mothe, Pouzac«[20]*. In Grenade lebten drei Zweige der aus Promilhanes (Lot) stammenden Familie Pouzac, die um 1905, in einer Zeit starker Migration, nach Saint-Caprais gekommen waren. Ferdinand, 1890 in Promilhanes ge-*

boren, war in Wirklichkeit der erste Sohn von Firmin Pouzac und seiner Ehefrau Rose Gauch. Zwei andere Pouzac, Baptiste und Gabriel, waren vielleicht Brüder oder Cousins von Firmin – Gide scheint sich zu irren, wenn er in Baptiste einen Bruder Ferdinands sieht. Gabriel hatte Philomène Marie Laffon geheiratet, aber da weder er noch Baptiste damals Kinder hatten (letzterer sollte am 10. Juni 1912 Vater eines Sohnes werden, der den Vornamen Firmin bekam), wohnten die drei Parteien unter einem Dach, in dem zum Gut Bagnols gehörenden Bauernhof La Mothe, unweit von Rouarts Schloß. Firmins zweiter Sohn, geboren am 15. August 1894, hieß Hippolyte; ein weiterer Bruder von Ferdinand, geboren am 21. April 1902, trug den Namen Gédéon.[21] Festzuhalten bleibt, daß Ferdinand 1907 siebzehn Jahre alt ist und nicht fünfzehn, wie Gide unterstellt.

Hat Ferdinands Krankheit Gide berührt? In De me ipse notiert er lakonisch: »Reise mit Rouart nach Bagnols. Krankheit der »Ringeltaube« – Rouart außer sich.«[22] Am 3. September aber bedankt sich Gide für Rouarts Briefe, die ihm »gutgetan haben«, wie er schreibt. Er gesteht, ihm sei »traurig ums Herz« gewesen, bevor er sie erhielt.[23] Auch der Brief, den Rouart am 5. Oktober schreibt, soll Gide über die Krankheit auf dem laufenden halten, genauso wie Ghéons

Brief vom 19. und 20. Oktober, was zeigt, daß die Freunde Gides Interesse für den Gesundheitszustand des Jungen anerkennen.

Weitere Erwähnungen der »Ringeltaube« aus Gides Feder findet man zwei Jahre später: Am 7. April 1910 stirbt Ferdinand Pouzac, kaum zwanzig Jahre alt, an der Tuberkulose, die seit 1908 an ihm zehrt. Bezug nehmend auf einen Brief Rouarts, der nicht erhalten ist, in dem dieser ihm aber aller Wahrscheinlichkeit nach Ferdinands Tod mitteilte, schreibt Gide am 9. April 1910 aus Cuverville:

Lieber Freund,

Du weißt, mit welch schmerzlicher Bewegung ich Deinen traurigen Brief gelesen habe […]. All meine Gedanken sind heute morgen in Bagnols.

Ich wäre gern gekommen […].[24]

Im Licht dieses Details fällt es nicht schwer, aus gewissen melancholischen Passagen des Tagebuchs *den Unterton der Trauer herauszuhören. An den Ort der Romanze zurückgekehrt, notiert Gide:*

Ufer der Garonne, 18. August. Mit Lust fühlen, daß es natürlicher ist, nackt zu schlafen, als im Hemd. Mein Fenster stand weit offen, und der

Mond schien genau auf mein Bett. Schaudernd erinnerte ich mich der schönen Nacht mit der Ringeltaube; aber weder im Herzen oder Geist noch im Blut fühlte ich ein Verlangen.[25]

Im übrigen ist das nicht das erste Mal seit Ferdinands Tod, daß Gide versucht, der »Nacht mit der Ringeltaube« zu gedenken. Vielleicht muß man einen Zusammenhang sehen zwischen der Nachricht von diesem Tod und der ersten, vom 21. Juni 1910 datierten knappen Darstellung einer bedeutsamen autobiographischen Episode. Gide berichtet vom jungen Mohammed, den er 1895 in Nordafrika kennengelernt hat: »Seitdem bin ich jedesmal, wenn ich die Lust suchte, den Spuren der Erinnerung an diese Nacht gefolgt«, schreibt er und bemerkt schließlich: »Nach der Nacht mit der Ringeltaube habe ich die gleiche Euphorie, die gleiche fröhliche Verjüngung verspürt.«[26] Der Junge von Saint-Caprais nimmt bereits einen bevorzugten Platz im Himmel des Schriftstellers ein, wo er sich zu Mohammed gesellt. Und der Autor wird dieser Assoziation treu bleiben: In der Fassung von Stirb und Werde, *die er 1921 ausarbeitet, steht am Ende des Abschnitts, in dem Gide »die seelische und körperliche Leichtigkeit« betont, die der homosexuellen Initiation mit Mohammed folgte,[27] noch im Manuskript: »Nach meiner Nacht mit der ›Ringeltaube‹ habe ich die gleiche Euphorie verspürt.«[28] Letztendlich wird diese zweite Reminiszenz keinen Platz in der Autobiographie finden, da deren Chronologie bekanntlich 1895 endet. Doch es ist offensichtlich, daß der »Roman von der Ringeltaube« dazu beigetragen hat, einen Gefährten, dessen Erinnerung Gide wachhalten wollte, vor dem Vergessen zu bewahren.*

II. André Gide und Eugène Rouart: Die Homosexualität annehmen

In den Falschmünzern *schildert Gide das Dilemma des Künstlers, der ein literarisches Werk schaffen will, indem er seiner intimsten Inspiration freien Lauf läßt: »Glücklich, dachte ich, wer in einer einzigen Umarmung den Lorbeer und den Gegenstand seiner Liebe umfangen kann«,*[29] *läßt er den Romancier Édouard sagen. Gide selbst ist das Wagnis gelungen, in seinen Werken seine homosexuellen Neigungen zum Ausdruck zu bringen; zudem hat er ohne Umschweife, insbesondere in* Stirb und Werde, *erzählt, wie er seine Homosexualität entdeckt hat. In* Corydon *postuliert er die Natürlichkeit seiner Veranlagung. Was die Details seiner erotischen Aktivität angeht, so braucht man nur auf den Briefwechsel Gide-Ghéon zurückzugreifen; im übrigen hat der getreue Roger Martin du Gard zahlreiche Geständnisse über physiologische und andere Aspekte der gideschen Sexualität festgehalten und dann auch publik machen können.*[30] *Aus all dem ergibt sich das Porträt eines seinen Neigungen und Liebespraktiken gegenüber sehr sicheren,* sehr gelassenen Mannes. Man muß jedoch bedenken, daß es sich hier um einen Korpus von nachträglich verfaßten Texten handelt: Gide beschreibt rückblickend die Geschichte seiner Sexualität. Bleibt die Frage, wie er im ersten Augenblick reagiert hat; wie er von Fall zu Fall die Realität dieses Grundzugs seiner Natur leben und annehmen konnte. In dieser Hinsicht war die Freundschaft zwischen André Gide und Eugène Rouart von allergrößter Bedeutung. Der Sohn des berühmten Sammlers und Industriellen Henri Rouart war in Paris aufgewachsen, wo er in den literarischen Zirkeln und Kunstsalons verkehrte. So haben sich Rouart und Gide im Februar 1893 kennengelernt.

Zu dieser Zeit plante Gide mit seinem damals besten Freund, Pierre Louÿs, eine Spanienreise: Seine Absicht war, »allen Ereignissen alle Türen zu öffnen«[31]. Gleichwohl hatte Louÿs nicht Gides volles Vertrauen für dieses gemeinsame Abenteuer. Anfang Februar schreibt er ihm: »Bei der ersten Frau, die auftaucht, wirst Du Dich nicht mehr um mich kümmern.«[32]

Man weiß, daß Louÿs selbst schließlich darauf verzichtet hat, seinen Freund zu begleiten, und das war vielleicht auch das beste ... Tatsache ist, daß Gide ein aufmerksamer und vertrauenswürdiger Ge-

sprächspartner für all das fehlte, was mit seinen sexuellen Vorlieben zu tun hatte. Darin liegt die Bedeutung Rouarts: Der Briefwechsel zwischen den beiden Freunden, etwa achthundert Briefe (eine Ausgabe ist in Vorbereitung), stellt ein einzigartiges Zeugnis dar, das zeigt, wie die Homosexuellen in einer ihnen gegenüber noch längst nicht permissiven Gesellschaft lernen konnten, ihre Begierden zu entdecken, auszuleben und sich zu ihnen zu bekennen. Dies gilt umso mehr, als die Umstände sowie die Art der Beziehung zwischen den beiden Freunden zum Austausch besonders interessanter Briefe führen. Der kleine Altersunterschied bedeutet, daß der eine Erfahrungen macht, die der andere vielleicht im Licht seiner relativ größeren Erfahrung ein bißchen besser einordnen kann. Nicht umsonst sind gewisse Passagen von Früchte der Erde, *namentlich der berühmte »Brief an Nathanael«, bereits in den Briefen, die Gide an Rouart schreibt, skizziert.*

Aus Spanien, wohin er – trotz allem – im März 1893 mit seiner Mutter reist, schreibt Gide an seinen neuen Freund:

Ich bin in Sevilla, wo ich aufblühe – so glücklich, daß ich nicht einmal mehr allzu traurig bin; die Schönheit dieser Rasse erregt mich und auch der Duft der Orangenblüten. Ich vergesse Sie nicht.[33]

Gides erster Biograph Jean Delay zitiert diesen Brief mit dem Vermerk, er sei »an einen Freund« gerichtet; und, ein viel schlimmerer Lapsus, er setzt dort, wo Gide »Rasse« schreibt, das Wort »Stadt«.[34] Durch diese Veränderung entfernt sich die Bedeutung des Satzes sehr weit von dem, was Gide meint, und der Irrtum erweist sich als umso trügerischer, wenn man erkennt, daß es sich um eine Bemerkung handelt, die am Wesentlichen rührt.

Denn als Gide sieben Monate später in Nordafrika ankommt, auf der ersten Etappe jener Reise, die ihm die wirkliche Befreiung bringen wird, schreibt er an Rouart:

Die Schönheit der Rassen hier erfüllt einen mit vage erotischer, aber mehr noch lyrischer Hochstimmung; ich mache den ganzen Tag über Verse. Auf den Straßen, auf den Plätzen sieht man prächtige, ganz schwarze Sudanesen; und wir denken an jenes Land, wo die kleinen Neger aufwachsen.[35]

Rouart antwortet darauf:

Was Sie mir über die Schönheit der Rassen sagen, läßt mich erschauern; abgesehen von allem Laster, ist die Schönheit der arabischen Rasse faszinierend, sagt man, es ist schrecklich, wir haben mündlich, ich weiß nicht warum, nicht genug über diese Dinge gesprochen, als daß ich es wagte, Ihnen im Brief davon zu schreiben, vielleicht würden wir uns nicht gut verstehen, das wäre noch schlimmer.[36]

Dies ist also ein Thema, über das die beiden Freunde sich bisher nicht unterhalten konnten und von dem es folglich schriftliche Spuren gibt. Am 24. November antwortet wiederum Gide, wobei er von vornherein zum Du übergeht:

Ich wußte genau, daß Du innerlich zusammenzucken würdest, wenn ich Dir etwas von schönen Rassen erzähle. Es macht mir Spaß, daß ich das so gut vorausgesehen habe und daß ich Dich gründlicher kenne, als Du ahnst.[37]

Damit dürfen wir annehmen, daß der in dem Brief aus Sevilla verwendete Ausdruck »Schönheit dieser

Rasse« von Seiten Gides gewissermaßen ein codiertes Zeichen ist, dazu bestimmt, den Briefpartner zu testen und genau das Geständnis zu provozieren, das wir gelesen haben. Gide fährt fort:

Ja, gewiß wäre es interessant gewesen, vor unserer Trennung darüber zu sprechen – umso mehr, als es das nachher vielleicht viel weniger sein wird; es wäre sehr interessant gewesen, denn trotz Deiner Befürchtungen bin ich vollkommen sicher, daß wir uns genauso gut verstanden hätten wie in allem anderen, wenn nicht besser. Und ich hätte Dir dann, wenn wir darüber gesprochen hätten, Dinge von dieser Reise schreiben können, die ich Dir jetzt nicht zu erzählen wage, obwohl ich große Lust dazu habe.

Was die Dinge angeht, »die ich Dir jetzt nicht zu erzählen wage, obwohl ich große Lust dazu habe«, so können wir ziemlich sicher sein, daß Gide hier auf eine Episode anspielt, »die noch lange in mir nachklingen sollte«, wie er in Stirb und Werde *schreibt, eine Episode, die sich ein oder zwei Tage zuvor in den Dünen von Sousse abspielte, wo sich ihm im »Glanz des Abends« der junge Ali »nackt wie ein Gott« darbot.*[38]

Am 6. Dezember nimmt Rouart das »Du« nicht ohne zu zögern an, erkärt aber, er habe den unlängst erschienenen Liebesversuch *noch einmal gelesen und verstehe die Ambivalenz dieses Textes bezüglich der sexuellen Begierde jetzt besser. Er erinnert daran, daß Gide und er am 5. oder 6. Oktober in Paris, kurz bevor sie zusammen den Zug nach Montpellier bestiegen, ein wenig ergiebiges Gespräch geführt hätten, in dessen Verlauf sie dem Thema ausgewichen seien.*

Ich habe ihn neulich wiedergelesen, so hatte ich noch einmal ganz gut den erstaunlichen Abend in Paris vor Augen, an dem wir uns so einig waren in unserer Unentschlossenheit, ich fand Dein Buch wieder ganz nach meinem Geschmack.[39]

Gleich nach diesen Briefen unterbricht Gides Lungenkrankheit für einige Wochen die Korrespondenz. Als Gide sich erneut ans Briefeschreiben macht, kehrt er mit Rücksicht auf Rouarts Schüchternheit wieder zum »Sie« zurück; indem er überlegt, wie sehr die Zeit der Rekonvaleszenz seine Sinne erneuert und seinen Geist erweitert hat, bemerkt er jedoch:

Sie sind einer von jenen, die meine damaligen – zu ernsten oder zu ausschweifenden – Gedanken am besten verstanden hätten; deshalb habe ich Sie andauernd herbeigewünscht.[40]

Rouart dagegen betrübt das neuerliche Siezen, und auf eine Art, die sich als typisch erweisen wird, zeigt er Gide, wie erleichtert er ist, jemanden entdeckt zu haben, der ihn versteht, dem er sich anvertrauen kann. Im Mai 1894 schreibt er sogar:

Ich glaube, ich habe es Dir jetzt schon gesagt (auf jeden Fall sage ich es Dir heute noch einmal), wie tief meine Freundschaft ist für Dich, den ich von Anfang an geliebt habe, weil Du ein von meiner Seele ersehnter Punkt warst; ein zur rechten Zeit erschienener Anhaltspunkt.[41]

Kaum zurück in Europa, bemüht sich Gide, Rouart in den Kreis seiner Freunde einzuführen. Zu diesem Zweck organisiert er ein großes Treffen in La Roque. Dort verbringen Gide und Rouart im August 1894 vierzehn Tage miteinander. Delay stellt fest: »Wir wissen fast nichts über diese vierzehn Augusttage in La Roque, aus dem einfachen Grund, daß die üblichen Briefpartner André Gides bei ihm waren.«[42] Doch man darf annehmen, daß Rouart dort im Mittelpunkt stand. Und in der Tat finden sich in mehreren

Briefen Spuren von diesen Tagen. Am 23. August 1894 beispielsweise schreibt Gide an Madeleine: »Am Anfang suchten Rouart und ich noch, uns zu gefallen – das ist jetzt vorbei, das ist vorbei, [...] es geht wirklich nicht mehr darum, sich zu gefallen; darüber sind wir jetzt wirklich schon weit hinaus.«[43] Die beiden Freunde kehren zusammen nach Paris zurück, und im folgenden Monat schreibt Gide an Rouart:

Ich erinnere mich an gewisse Gespräche (wir gingen über die Brücke in La Roque), da stellten wir über alles andere, über die ganze intime Geschichte der Sinne die Notwendigkeit sich selbst gegenüber, sein Leben durch und durch auf eine schöne und angemessene Art zu führen. An jenem Tag hast Du mir gefallen bis auf den Grund Deiner Seele, in die ich damals hineinzuschauen meinte.[44]

Rouart hatte seinerseits am 21. August geschrieben, um sich bei Gide für den Aufenthalt in La Roque zu bedanken, »weil wir uns dabei fast ganz kennengelernt haben«. Es folgen einige aufschlußreiche Bemerkungen:

Aber all das tritt zurück hinter der Erinnerung an unsere Gespräche; wieviel Dinge habe ich erfahren, Traurigkeit und Freude, selbst darin, daß ich entdeckte, wie gleich Du mir bist; nicht Traurigkeit, weil ich weiß, daß Du jemand bist, der mir gleicht (ich bin mehr wert als ein solcher Gedanke), sondern Traurigkeit, weil ich weiß, daß Du, mein Freund, genauso besorgt, genauso gequält, genauso unentschlossen bist wie ich; – und ein wenig egoistische Freude darüber, daß ich endlich jemanden gefunden habe, bei dem meine Freundschaft nichts zu befürchten hat und dem ich alles sagen kann; [...] wir können und werden uns im Leben unterstützen.[45]

Im weiteren besteht dieser Brief aus einer langen Schilderung der Kämpfe, die Rouart führen mußte, um mit seinen unbestimmten Begierden zu Rande zu kommen. »Besorgt« ist er zweifellos; »gequält« auch; aber vor allem zeigt er sich »unentschlossen«, denn er fragt sich eben, welche sexuelle Orientierung er eigentlich hat. Die Frage ist offenbar bei weitem nicht erledigt, denn er weiß, daß er bei seiner Rückkehr in die Stadt wieder mit dem Dilemma konfrontiert sein wird, vor dem er sich fürchtet:

Aber ich weiß, daß ich weiter kämpfen will bis zur Heilung oder bis ich mich einer anderen Richtung überlasse [...].

Gleichwohl werde ich mich ein wenig schämen, demselben Weg zu folgen wie alle und davon abzuweichen, wenn eine Begierde es dringend verlangt; – aber dem hoffe ich zu entgehen, das wäre die Handlungsweise, die ich mir am wenigsten verzeihen könnte.

Hinter diesen Euphemismen einer anderen Epoche werden Probleme sichtbar, über die Gide erst nach zwanzig Jahren offen sprechen kann. Rouart ist offensichtlich hin- und hergerissen zwischen dem Wunsch, »normal« zu leben, und der Befürchtung, daß er, wenn er das tut, seine eigene Natur opfert. Gleichzeitig bekundet er seinen Willen, nicht »die Moral abzuschaffen, sondern nur allzu große Sorgen zu zerstreuen«. Dennoch ist deutlich, daß die moralische Dimension das physiologische Problem, das ihn bereits quält, noch verstärkt.

Das Wichtigste ist, in einer gegebenen, nahen Zeit, normal leben zu können; – dann weiß man, was man hat und was man nicht hat; – was man will und was man nicht will; – *es darf kein Bedauern geben.*

Bis er diese Probleme kraft seines Willens ein für allemal lösen kann, ist er auf der Hut vor Überraschungen, vor den Zufällen des Lebens, die seine Bemühungen zu hintertreiben drohen; vor allem aber verfolgt ihn ein Schreckgespenst, von dem man annimmt, daß es die Masturbation ist, die »schlechten Angewohnheiten«, die Gide zu den Heften des André Walter *inspiriert hatten und von denen er weniger verklausuliert in* Stirb und Werde *berichten wird.*

Von diesem Moment an entschließen sich sowohl Gide als auch Rouart zu erforschen, welche Folgen die ihnen gemeinsamen homosexuellen Impulse für sie haben. Ihre Korrespondenz vom Herbst und Winter 1894 ist in dieser Hinsicht entscheidend. Schon in dem Brief, aus dem wir soeben zitiert haben, zeigt sich Rouart ängstlich in bezug auf ein Buch, von dem er weiß, daß Gide es mit nach La Brévine genommen hat, wo dieser seine Rekonvaleszenz fortsetzen will.

Ich glaube, Du bist noch nicht stark genug, um es zu lesen, ich stelle mir vor, daß es mir sehr weh tun würde, und denke von Dir das gleiche.

Es handelt sich um ein Buch von Albert Moll [Die conträre Sexualempfindung, Mit Benutzung amtlichen Materials von Dr. med. Albert Moll, *mit einem Vorwort von Dr. R. v. Krafft-Ebing, Berlin 1891], das 1893 in französischer Übersetzung unter dem Titel* Les perversions de l'instinct génital. Étude sur l'inversion sexuelle basée sur des documents officiels *erschienen war. Der Werbeprospekt hatte den Zorn der »Gesellschaft zum Schutz gegen die Sittenlosigkeit auf den Straßen« erregt, die den Verleger wegen Verbreitung unzüchtiger Schriften gerichtlich belangte.*[46] *Rouarts Haltung zeigt, wie schwierig er es allein schon fand, die Probleme anzusprechen, die dieses Buch zu untersuchen versprach.*

Gides moralische Größe dagegen kann man an dem Gleichmut ermessen, mit dem er im Gegensatz zu Rouart diese Fragen betrachtet, selbst zu jenem Zeitpunkt, da seine Befreiung noch in den Anfängen steckt – erinnern wir uns, daß er bis zur entscheidenden Initiation in Gesellschaft von Oscar Wilde noch neun Monate warten muß. Seine Antwort, datiert vom 5. September 1894 aus Sankt Moritz, auf den angstvollen Brief, den Rouart am 21. August geschrieben hatte, beginnt mit folgenden Bemerkungen:

Auf diesen Brief werde ich nicht antworten. Ich möchte mich über diese Dinge lieber unterhalten, als darüber zu schreiben; wir kennen uns jetzt gründlich; wir werden uns immer wiedererkennen; bis wir uns sehen und über alles unterhalten können, was uns gefällt, müssen wir uns im Durcheinander der moralischen Gebote wohl ganz allein zurechtfinden.[47]

Gleichwohl fordert er Rouart auf, ihm offen über diese Fragen zu schreiben, wenn er Lust dazu habe; er selbst werde sie vielleicht auch wieder aufgreifen, wenn es sich ergebe. Vorerst aber möchte er vor allem ein Mißverständnis auf seiten seines Briefpartners ausräumen:

Übrigens hast Du Dich, scheint mir, in Deinem vortrefflichen Brief ein wenig getäuscht [...], was meine Besorgnis angeht. All das ist vergangen und vergessen – ich bin nicht mehr oder kaum mehr verwirrt und besorgt –, deshalb habe ich vielleicht wenig Bedürfnis, diese Fragen abweichender Physiologie erneut zu erörtern. Es geht mir wirklich, glaube ich, so gut, wie es einem mit heftigen Begierden nur gehen kann.

Was das »geheime Buch« betrifft, so läßt sich Rouart zu Unrecht davon erschrecken:

Ich habe ein wenig darin geblättert: Es langweilt mich, ich würde wahrhaftig etwas Besseres über dieses Thema schreiben, scheint mir, selbst wenn ich mich an den gesellschaftlichen oder medizinischen Aspekt hielte.

Vor allem war ich erstaunt, in keinem der verzeichneten Fälle meine »Krankheit« zu erkennen – und er behauptet, sie alle aufzuzählen [...].

Hier liegt zweifellos die Keimzelle zu Corydon, *jenem Werk, für dessen Veröffentlichung Gide etwa dreißig Jahre brauchen und dessen langen Entstehungsprozeß Rouart bisweilen mit Sorge verfolgen wird.*

Das Buch von Moll hat Rouart aber inzwischen gelesen, wie er am 4. September berichtet:

Ich habe es gekauft und gierig gelesen; es ist äußerst interessant, und sein Autor, der mir zwar manchmal mißfällt, scheint mir ein intelligenter Mensch zu sein; ich sage Dir nicht mehr dazu, wir werden uns darüber unterhalten.[48]

Doch Gide hat zu diesem Thema noch nicht sein letztes Wort gesagt; er hatte das Buch gar nicht genau gelesen, und als er die Lektüre beendet hat, schreibt er am 14. September:

Es ist interessant und hat meine Ansichten verändert oder geholfen, sie zu verändern. Ich war zuerst ungerecht; als ich von Langeweile sprach, hatte ich es nur ganz rasch und nachlässig durchgeblättert.

Das Buch ist sehr gut, aber mir scheint, es unterscheidet nicht genug zwischen diesen beiden Gruppen: den Femininen und den »Anderen«; es vermischt sie dauernd, aber nichts ist unterschiedlicher, *gegensätzlicher* – die einen sind das Gegenteil der anderen –, denn bei dieser Psychophysiologie stößt sich ab, was sich nicht anzieht, und die eine Gruppe erregt bei der anderen Abscheu.[49]

Dies wird ein Schlüsselthema der gideschen Theorie der Homosexualität sein und besonders Corydon *bestimmen: Nach Gide gibt es verschiedene Kategorien von Homosexuellen – die femininen und die anderen –, zwischen denen gegenseitige Feindschaft herrscht.*

Im selben Brief macht Gide seinen Freund auf eine Gefahr aufmerksam, der die Freundschaft von Männern wie ihnen ausgesetzt ist. Nachdem er auf einige Guppen von Homosexuellen hingewiesen hat, die Moll zu erwähnen vergaß und die er, Gide, unterschieden haben möchte, sagt er:

Dies veranlaßt mich zu einer Erklärung, die ich als notwendig betrachte: *Bisher hat sich in meine Freundschaften nie irgendeine sinnliche Anziehung oder Verwirrung gemischt.* [...]

Und was gestern stimmte, stimmt auch heute noch; es ist wichtig, das zu beteuern, damit die Freundschaft nicht Schaden nimmt und man sie nicht als Urgrund des Lasters empfindet. Ich wage nicht, ein Geständnis von Dir zu verlangen, denn wenn es meinem nicht gliche, hätte ich unedlichen Kummer und *finge an*, Dich wirklich zu bedauern. Also, wir sollten beide aufpassen.

Nun war Rouart vielleicht ein leidenschaftlicher, gefühlsbetonter Charakter, vor allem aber war er leicht verletzlich: Es gefiel ihm nicht, wenn man so mit ihm sprach. Hat er Gides Bemerkungen als Zurückweisung erlebt? Wir können es nicht beschwören. Jedenfalls zeigt er sich in erster Linie verstimmt über den »Egoismus« – das ist sein Wort –, mit dem Gide, der in diesen Fragen ja eine gewisse Gelassenheit erlangt habe, den »Bekenntnissen« seines Freundes ausweiche. Es kostet ihn einige Überwindung, im Interesse der Freimütigkeit zwischen Freunden alte Wunden aufzureißen:

Du mußt bedenken, daß ich jünger bin als Du, und mir meinen Mangel an Vernunft und Weisheit verzeihen, ich bin schrecklich erregt; – und ein sehr schwieriger Charakter – und [...] ich bin kein Politiker – Du mußt mir meine Unbeholfenheiten verzeihen.

Aber ich habe nach der Rückkehr von La Roque eine Reihe entsetzlicher Tage verbracht, da ich mit großer Heftigkeit von einem Extrem ins andere fiel.[50]

Als Gide ihn dann auch noch vor einer aufkommenden sexuellen Passion warnt, die er bei seinem neuen Freund beobachtet haben will, stellt Rouart klar, daß er ihm gegenüber nie so etwas empfunden habe. Dennoch wird man den Verdacht nicht los, daß er ein wenig zu lautstark protestiert und sich etwas zu energisch bemüht, den überlegenen Gleichmut, mit dem Gide diesen instinktiven Impulsen begegnet, auch seinerseits an den Tag zu legen:

[... *Dein Brief* ...] hat mich sehr interessiert, er hat mich wieder auf Dinge gebracht, über die ich schon nachgedacht hatte, [...] denn ich finde in meinem Notizbuch diese Worte, die ich Anfang des Monats geschrieben habe: »Zwei zu definierende Zustände, psychische Liebe – sexuelle Liebe«. Deshalb kann ich Dir und will ich Dir gern ohne jede Scham oder auch nur Unlust antworten.

Vielleicht ohne daß es mir bewußt war, habe ich immer einen großen Unterschied gemacht zwischen einer geistigen und einer sinnlichen Liebe, [...] für mich hört die eine auf, wo die andere anfängt und umgekehrt.[51]

All das ist dazu angetan, Gide zu gefallen. Rouart kann nun in einem sehr mannhaften Ton fortfahren, der wohl den impliziten Vorwurf widerlegen soll, er sei einer jener »Femininen«: »Ich bedaure nicht, daß Dein Brief diese Aussprache provoziert, die ich zuerst nicht für notwendig hielt, die aber vielleicht besser ist.« Es folgt eine Aufzählung seiner männlichen Eigenschaften: Er sei Gide gegenüber zwar stets freimütig und aufrichtig gewesen, habe es aber trotzdem verstanden, »die Gewalttätigkeit meines Charakters, meiner Gedanken, meiner Handlungen« zu verbergen. Dennoch betrachtet er sich als »loyalen Menschen, der die Wertschätzung aller genießt«. Der Beweis für die Freimütigkeit: »In allen Kreisen, in denen ich verkehrte, habe ich manchmal Haß auf mich gezogen, denn ich verberge meine Gedanken nicht.« »Verachtung« indes sei ihm dabei nie entgegengebracht worden: »Ich bin immer geachtet worden, selbst von denjenigen, die ich haßte oder die eine Abneigung gegen mich hatten.«

Gide ist in seiner Antwort nur bemüht, seinen Freund zu beruhigen:

Die Lektüre des deutschen Buches brachte mich auf eine mögliche Unbeholfenheit zwischen uns in bezug auf Du weißt schon welches ernste Thema: Ich habe mich in diesem Buch tatächlich nicht oder nur sehr selten wiedergefunden, und ich wußte nicht, ob Du Dich darin auch nicht wiederfinden würdest. Das ist alles, absolut alles, und so steht alles zum besten.[52]

Diese Unstimmigkeit soll uns aber nicht das Wesentliche der im Winter 1894/1895 von den beiden jungen Leuten gewechselten Briefe aus den Augen verlieren lassen. Eine Freundschaft, die bis zu Rouarts Tod währen wird, hat sich in dieser Zeit gefestigt, und Gide bringt sie in seinem Brief vom 14. September 1894 auf den Punkt. Er legt vor allem Wert darauf, daß weder er noch Rouart noch ihre Freundschaft noch »die Idiosynkrasie«, die sie teilen, Gegenstand von Verachtung oder Mitleid werden:

[...] das Mitleid, das man mit uns haben könnte, würde ich nicht akzeptieren, ich würde sagen: Nehmen Sie es zurück; mir geht es überhaupt nicht schlecht. Ich fühle mich im Gegenteil immer glücklicher als die anderen Menschen, und ich bilde mir trotz allem ein, daß ich ein Leben habe, in dem ich mich später, wenn ich mich darüber beuge, um mich darin zu sehen, schön finden kann. [...] Ich möchte, daß derjenige, der mich versteht, stolz sein kann, zu meinen Freunden zu gehören. Ich möchte mich *nicht schämen*. Aber, das fühle ich jetzt, lieber Freund, wir werden sehr robuste Schultern brauchen und *Überzeugungen*, denn, Du weißt ja, ich möchte keine Heuchelei – sie ist reiner Selbstmord und zeigt, daß wir unseren Wert nicht kennen.

Im weiteren Verlauf wird ihre Freundschaft zum großen Teil von Gides Bemühungen bestimmt, sein Leben nach diesen schönen Grundsätzen zu führen. Manchmal wird Rouart es schwierig finden, diesem Ideal zu entsprechen, doch immerhin wird er Gide geholfen haben, es zu formulieren.

David H. Walker,
Professor an der Universität Sheffield

Nachweise und Anmerkungen

1 Um zwei neuere Publikationen zu zitieren: Jean-Marie Rouart, *Une famille dans l'impressionnisme*, Paris: Gallimard, 2001, S. 102; Simon Leys, *Protée et autres essais*, Paris: Gallimard, 2001, passim. Man lese folgende Passage aus *Stirb und werde*: »Ich aber, der die Lust nur von Angesicht zu Angesicht begreift, nur, wenn sie gegenseitig und gewaltlos ist, und den, wie Whitman, oft schon eine ganz flüchtige Berührung genießen läßt [...].« (In: André Gide, *Gesammelte Werke I, Autobiographisches,* 1. Band, Stuttgart 1989, S. 364.)

2 Vgl. das Nachwort von David H. Walker.

3 José Cabanis, *Dieu et la NRF. 1909–1949,* Paris: Gallimard, 1994, S. 136–138.

4 Claude Martin, *André Gide ou la vocation du bonheur,* I: 1869–1911, Paris: Fayard, 1998, S. 633.

5 Ebd., S. 470.

6 Vgl. André Gide, *Essais critiques*, hg. von Pierre Masson, Paris: Gallimard, Bibliothèque de la Pléiade, 1999, S. 10–12.

7 André Gide, *Journal 1887–1925*, hg. von Éric Marty, Paris: Gallimard, Bibliothèque de la Pléiade, 1996, S. 576. (Dieser Abschnitt ist in der Ausgabe von 1939, auf der die deutsche Übersetzung beruht, noch nicht enthalten. – A. d. Ü.)

8 Unveröffentlichter Brief von Rouart an Gide vom 31. Juli 1907, Sammlung Gide der Bibliothèque littéraire Jacques Doucet, Paris.

9 Jacques Copeau, *Journal 1901–1948, Erster Teil:*

1901–1915, hg. von Claude Sicard, Paris: Éditions Seghers, 1991, S. 363, 9. August 1907.

10 Unveröffentlichter Brief von Gide an Rouart vom 11. August 1907, Sammlung Carlton Lake des Harry Ransom Humanities Research Center, Universität von Texas, Austin.

11 Unveröffentlichter Brief von Rouard an Gide vom 16. August 1907, Sammlung Gide der Bibliothèque littéraire Jacques Doucet, Paris.

12 Brief vom 16. August 1907, a.a.O.

13 Vgl. André Gide, *Le Retour de l'enfant prodigue*, hg. von Akio Yoshii, Fukuoka: Kyushu University Press, 1992.

14 Henri Ghéon, André Gide, *Correspondance 1897–1944*, hg. von Jean Tipy und Anne-Marie Moulènes, Paris: Gallimard, 1976, S. 678–679.

15 Unveröffentlichter Brief von Gide an Rouart, undatiert (Ende August), Sammlung Carlton Lake des Harry Ransom Humanities Research Center, Unversität von Texas, Austin.

16 Unveröffentlichter Brief von Rouart an Gide vom 22. August 1908, Sammlung Gide der Bibliothèque littéraire Jacques Doucet, Paris.

17 Unveröffentlichter Brief von Rouart an Gide vom 14. August 1908, Sammlung Gide der Bibliothèque littéraire Jacques Doucet, Paris.

18 Unveröffentlichter Brief von Rouart an Gide vom 5. Oktober 1908, Sammlung Gide der Bibliothèque littéraire Jacques Doucet, Paris.

19 Henri Ghéon, André Gide, *Correspondance*, a.a.O., S. 705–706, Brief vom 19. und 20. Oktober 1908.

20 Unveröffentlichter Brief von Rouart an Gide vom 24. August 1908, a.a.O.

21 Ich danke André Rocacher, der mir freundlicherweise diese genealogischen Auskünfte erteilt hat.
22 Unveröffentlicht, Archiv Catherine Gide.
23 Unveröffentlichter Brief von Gide an Rouart vom 3. September 1908, Sammlung Carlton Lake des Harry Ransom Humanities Research Center, Universität von Texas, Austin.
24 Unveröffentlichter Brief von Gide an Rouart vom 9. April 1910, Sammlung Carlton Lake des Harry Ransom Humanities Research Center, Universität von Texas, Austin.
25 André Gide, *Journal*, a.a.O., S. 647; deutsch: *Tagebuch 1903–1922*, in: *Gesammelte Werke II, Autobiographisches*, 2. Band, Stuttgart 1990, S. 231.
26 André Gide, *Souvenirs et voyages*, a.a.O., S. 1113.
27 Ebd., S. 310.
28 Ebd., S. 1184.
29 *Die Falschmünzer*, in: André Gide, *Gesammelte Werke IX, Erzählende Werke*, 3. Band, Stuttgart 1993, S. 101.
30 Vgl. Roger Martin du Gard, *Notes sur André Gide*, Paris: Gallimard, 1951.
31 Jean Delay, *La Jeunesse d'André Gide*, 2. Band: 1890–1895, Paris: Gallimard, 1957, S. 219.
32 Brief von Gide an Louÿs vom 4. Februar 1893, zitiert in Delay, a.a.O., S. 219. Am selben Tag lernt Gide offenbar Rouart kennen.
33 Unveröffentlichter Brief von Gide an Rouart, »Sevilla, Gründonnerstag« [30. März 1893], Nationalbibliothek, Paris.
34 Jean Delay, a.a.O., S. 222.
35 Unveröffentlichter Brief von Gide an Rouart, »Tunis, 4. Nov[ember] 93«, Nationalbibliothek, Paris.

36 Unveröffentlichter Brief vom 8. November 1893, Sammlung Gide der Bibliothèque littéraire Jacques Doucet, Paris.

37 Unveröffentlichter Brief von Gide an Rouart vom 24. November 1893, Nationalbibliothek, Paris.

38 *Stirb und Werde*, a.a.O., S. 322–323.

39 Unveröffentlichter Brief von Rouart an Gide vom 6. Dezember 1893, Sammlung Gide der Bibliothèque littéraire Jacques Doucet, Paris.

40 Unveröffentlichter Brief von Gide an Rouart, »Biskra, 6. Januar [1894]«, Nationalbibliothek, Paris.

41 Unveröffentlichter Brief von Rouart an Gide vom 24. Mai 1894, Sammlung Gide der Bibliothèque littéraire Jacques Doucet, Paris.

42 Jean Delay, a.a.O., S. 349.

43 Zitiert in André Gide, *Correspondance avec sa mère, 1880–1895*, hg. von Claude Martin, Vorwort von Henri Thomas, Paris: Gallimard, 1988, S. 723.

44 Unveröffentlichter Brief von Gide an Rouart vom 23. September 1894, Nationalbibliothek, Paris.

45 Unveröffentlichter Brief von Rouart an Gide vom 21. August 1894, Sammlung Gide der Bibliothèque littéraire Jacques Doucet, Paris.

46 Die vierte Auflage des Buches mit Auszügen aus den Akten des Prozesses, der zwischen 12. und 19. Juli stattgefunden hatte, erschien 1893 bei Georges Carré, Paris.

47 Unveröffentlichter Brief von Gide an Rouart vom 5. September 1894, Nationalbibliothek, Paris.

48 Unveröffentlichter Brief von Rouart an Gide vom 4. September 1894, Sammlung Gide der Bibliothèque littéraire Jacques Doucet, Paris.

49 Unveröffentlichter Brief von Gide an Rouart vom 14. September 1894, Nationalbibliothek, Paris.
50 Unveröffentlichter Brief von Rouart an Gide vom 10. September 1894, Sammlung Gide der Bibliothèque littéraire Jacques Doucet, Paris.
51 Unveröffentlichter Brief von Rouart an Gide vom 20. September 1894, Sammlung Gide der Bibliothèque littéraire Jacques Doucet, Paris.
52 Unveröffentlichter Brief von Gide an Rouart vom 23. September 1894, Nationalbibliothek, Paris.

Danksagung

Wir möchten Catherine Gide für die freundliche Erlaubnis danken, unveröffentlichte Dokumente ihres Vaters einzusehen und zu verwenden. Ebenso sind wir dem verstorbenen Olivier Rouart dankbar, der uns großzügig gestattet hat, unveröffentlichte Briefe seines Vaters Eugène Rouart zu zitieren. Das Harry Ransom Humanities Research Center der Universität von Texas in Austin hat uns erlaubt, Briefe André Gides aus der Sammlung Carlton Lake zu konsultieren und zu publizieren. Bei der Vorbereitung der Edition des Briefwechsels Gide-Rouart haben uns Subventionen des Arts and Humanities Research Board, des Leverhulme Trust und der Andrew Mellon Foundation ebenso geholfen wie die Ermutigungen Catherine Gides und Olivier Rouarts.

Inhalt

Die Originalausgabe erschien 2002 unter dem Titel
»Le Ramier« bei Éditions Gallimard in Paris.

Bibliografische Information Der Deutschen Bibliothek
Die Deutsche Bibliothek verzeichnet diese Publikation
in der Deutschen Nationalbibliografie; detaillierte
bibliografische Daten sind im Internet über
http://dnb.ddb.de abrufbar.

FSC
Mix
Produktgruppe aus vorbildlich
bewirtschafteten Wäldern und
anderen kontrollierten Herkünften

Zert.-Nr. SGS-COC-1940
www.fsc.org
© 1996 Forest Stewardship Council

Verlagsgruppe Random House FSC-DEU-0100
Das für dieses Buch verwendete FSC-zertifizierte Papier *EOS*
liefert Salzer, St. Pölten.

1. Auflage

Umschlaggestaltung: R·M·E,
Roland Eschlbeck und Rosemarie Kreuzer
unter Verwendung einer Photographie, © *aldo fallai*
Typographie und Satz: DVA/Brigitte Müller
Gesetzt aus der Berling und der Stone Sans
Druck und Bindung: GGP Media GmbH, Pößneck
Printed in Germany
ISBN 10: 3-421-05896-2
ISBN 13: 978-3-421-05896-6

www.dva.de

André Gide bei DVA

Gesammelte Werke in 12 Bänden

Herausgegeben von Hans Hinterhäuser, Peter Schnyder und Raimund Theis

Autobiographisches

Band I/1
Stirb und Werde
Tagebuch (1889–1902)

Band II/2
Tagebuch (1903–1922)

Band III/3
Tagebuch (1923–1939)

Band IV/4
Tagebuch (1939–1949)
Et nunc manet in te
So sei es oder
Die Würfel sind gefallen
Kurze autobiographische Texte

Reisen und Politik

Band V/1
Afrika:
Kongoreise
Rückkehr aus dem Tschad
Kürzere Reisetexte

Band VI/2
Rußland:
Zurück aus Sowjetrußland
Retuschen zu meinem Rußlandbuch
Soziale Plädoyers

Erzählende Werke

Band VII/1
Die Hefte des André Walter
Traktat vom Narziß
Die Reise Urians
Paludes
Der schlechtgefesselte Prometheus
Die Rückkehr des verlorenen Sohnes
Der Immoralist

Band VIII/2
Die enge Pforte
Isabelle
Die Verliese des Vatikans

Band IX/3
Die Falschmünzer
Tagebuch der Falschmünzer

Band X/4
Die Pastoralsymphonie
Die Schule der Frauen
Robert
Geneviève
Theseus

Lyrisches und szenische Dichtungen

Band XI
Die Gedichte des André Walter
Die Früchte der Erde
Neue Früchte der Erde
Philoktet
Saul
König Kandaules
Oedipus

Essays und Aufzeichnungen

Band XII
Dostojewski
Corydon
Aufzeichnungen über Chopin
Kleinere essayistische Schriften